娑羅

sa ra

出口善子句集

角川書店

句集・娑羅

目次

装丁●こにし美砂

句集
娑羅

私語

二〇一〇—二〇一一年

二〇一〇年

寒紅を拭い自由を取り戻す

毛細管拡げ七草粥通る

春雪に易やす殺《そ》がれ決意の歩

初蝶となれり日照雨《そばえ》をすりぬけて

ゲラ刷りのどさり霾る日の重さ

風説の一巡りして沈丁花

ぶらんこに躊躇《ためら》いの幅揺り残し

密やかな浅利の私語が闇濡らす

桜湯にやわらかき声出し合えり

桜蕊踏む放校の眼して

人の世を信じ裸身やなめくじら

腥き風がドア押す秋成忌

黄昏を乱切りにして蚊喰鳥
髪洗うたび薄れゆく記憶かな

ことごとく蟬の樹となり地を炙る

昼寝覚われも濁世の檻の中

大道寺将司病む　二句

蝨《ぎ》斯《す》を愛ず漢を狙い骨髄腫《ミエローマ》

文学の冥さを分かち獺祭忌

官か民か平城京の赤のまま

木犀の闇ふくよかに髪ほどく

コスモスを宥めたあとの風の形《なり》

新聞に足かけ縛り文化の日

歳晩を巨きく揺らせ陸送す

国賊になれぬ師弟やダウン着て

人影を風に攫われ社会鍋

着膨れてなかなか取り出せない言葉

汚すなよマスクの大が余した眸

二〇二一年

鶏日や人にか弱き脚二本

凶年《まがどし》のはじめを騒ぎ耳の空

痩身を地絡《アース》となせりノブの凍て

大寒のギプスが決める夜の型

ギプス取れ寒がる脚とまた働く

早春の地球に残り種痘の腕
ぼたん雪遅速ありしがどれも落つ

鳥雲に私の視線を咥えたまま

東日本大震災　三句

春の海牙剝き列島半身壊死

溺死者が増える海雲を啜るたび
人類は何も学ばず苦艾

杉花粉に纏われやすき嫦娥の裔

三鬼忌の有精卵を溶きあぐね

足掻きては天深くなる蟻地獄
さりげなく本心に掛けサングラス

水葬を蒼く憤れり夜光虫

灼く墓標無名の死人などあらず

皮薄きトマトが弾くなまくら刃
草を引く先に逝きたる者のため

長城の外へは洩らさず漢の蟬

水道水飲める母国の原爆忌

七夕に折鶴まじる不幸な年

残り蚊や空気の襞に隠れたる

いそしむはかなしき性よ稲の花
人逝くと骨の色して今日の月

月光の牙磐座に墜落す
こおろぎへ刺し子道衣の重量干す

直葬という終焉《おわり》あり葛の花

マーラーの残響として芒原

菊束をわだつみへ投げなお嗔《いか》る
水吸って菊生きている死者の前

おいそれと転ばぬ容ふゆう柿

生涯の半ばを穢れ蓮の骨

つぼみつつ明日の彩に山茶花《ひめつばき》
緊迫の火線を跨ぎ冬の虹

マスクして世の半分を見落とせり

六林男忌や缶蹴りしより敵味方

口数も背丈も育ち常夜鍋

働いて踵減りゆく十二月

絶唱

二〇一一―二〇一三年

二〇一二年

とんど火に炙る私の裏表

苦言削ぐ耳かき棒の初仕事

三寒に我を置き去り鳩翔てり

輝の手が犯人を追いページ繰る

国旗なき街の平穏建国日

啜られる直前しらうお力泳す

次に伐る枝に足掛け剪定す
桃花水爪も野心も脆くなり

睡魔満載列車黄金週末行
蔓薔薇にからまれのっぴきならぬ窓

芝の青身に染むころを金環食

日輪の腹刳り貫かれ聖五月

陽の匂い抱かせ開襟シャツ畳む

草引くと近づいてくる石の夫

大守宮《トッケイ》と夜の阿吽を同じゅうす
けんけんで追い出している耳の海

幾度の西日が荒す髪・畳
カラビナに命ひっかけ我鬼忌かな

七夕竹あまたの欲に耐え撓り

恩愛の血を頒かちたる蚊を逃がす

日傘もて地上に画す私の域
踊る手の撫で中空の柔らかし

台風の方へ急げりはぐれ雲

諂《へつら》わず戦《そよ》がず散らず吾亦紅

知恵の輪の外れてよりの夜長し

勝ち負けを覚えはじめの木の実独楽

神の留守クレーン天に落書きし

熟し落つ榠樝の性《さが》として歪

南瓜抉り作り嗤いを点す街
切干の潤《ほと》びるまでの『君主論』

領土直だ鉾の雫よ憂国忌

鍵穴を探る木枯一号と

極月に絡まる義理と静電気

恋人のように松抱き菰を巻く

人格を匿すに足れり紙マスク

二〇一三年

指先の無い手袋が号外売る

饒舌の煮え詰まり来し鋤の鍋
洋菓子の男雛女雛を切り離す

かろやかに孕んでおりぬ春キャベツ

北の燕領空侵犯して戻る

人の世におおかた飽きて鹿尾菜飯

粽解きのっぺらぼうの暴かれし

埋めきれぬ闇を抱えて花空木
五月闇に木の椅子与え懺悔室

更衣タトゥーの薔薇の茎のぞき

梅雨の底みがく土下座の様となり

仙人掌に引っ掛けられし言葉尻

梅を漬け青歳月を封印す

日傘からはみ出し胎児育ちおり

埋め立てて海の日の海遠くなり

水団に凌ぎしいのち水中り

絶唱の蓄え尽きし蟬から落ち

近業の眼放てば旱星
サビタ揺れ止まず国後近く遠し

食卓を秋日が占める休刊日

産む力込めて南京真っ二つ

芒穂の闌けては風の言いなりに
木犀の気配に開く自動ドア

マトリョーシカ孕みつづけて神の留守

うから干す天高ければ背伸びして

障子貼りぴしりと己閉じにけり

反抗のビラ踏まれゆく黄落期

屈葬の形《なり》して眠りうすら寒

極月や死は印刷され来る

六林男忌の風に瑳《みが》かれ枳殻の棘
約束のあるかにブーツ磨きおり

薬袋にのこる数え日取り出し

反骨

二〇一四―二〇一五年

二〇一四年

送稿に指一本の初仕事

恵方巻戦を知らぬ咀嚼音

四温の陽ついばみ鳩の吾に寄る

ペン胼胝の廃れてしまい虐殺忌

蛇出づるぞろりと己が丈を連れ

彩濃ゆし土葬の邑の蓬餅

タンポポの絮風説を乗せ来る

春闌くと淅《かし》水《みず》に手を溶かれおり

実るまで生きるつもりの種を蒔く
ふかぶかと辞儀し大虻遣り過ごす

蟇おのれに飽きて歩み去る

盤上の先手をとりし若葉蔭

朝掘りに先ず大鍋を抱え出し

薔薇纏い人を拒める鉄扉かな

純白の四葩に時間重たかり

人間が雑と定めし草蓬る

蝦夷梅雨や右傾の国に靴濡れて

形代に無理難題を託し流す

海絞る力を残し水着脱ぐ

金蚕の意志はガラスに行き止まり

夜盗虫昼は女になっており
去勢され尽くし贈られカサブランカ

もう産めぬ体躯を曲げて髪洗う

空席をまた振り返り扇風機

空蟬の背中は繕わねばならぬ
蟬穴を崩し地表の闇減らす

辞書を据え夜長の真中凹めたる

虫黙し闇の遠近なくなりぬ

ビル街に手足を切られカシオペア
明日とは高きところか蔦探る

草虱一日の所業悟られし

隙間風粗鬆の骨を通り抜け

署名してあとひとごみとなる師走

警棒が人間を停め北風通す

二〇一五年

論客の来ると寒紅濃ゆくして

勤勉な指紋を荒し寒の水

水餅に朝の決心ふやけだす

立春の部屋脹らませヴィヴァルディ

善人が修二会の火の粉奪い合い
落書のほかは持ち去り卒業す

この一歩出れば母校となる学舎

水温み鰭たおやかに飼われおり

反骨の音立て踏まれ春落葉

夜を破り音を転がし春の雹

逃げられし未練手にあり桜鱒

人声に頭をもたげたる蝮草

山葵田の水に磨かれ石丸き

好戦族五月人形鎧わせて

文字紀す蠅一匹と同室し

骨なくて天地有用水母愛《お》し

延命を拒む自由も鷗外忌

夏草が消すテニアンの滑走路

蒼穹の一角崩し霹靂神
腹巻に打算を隠し耀声高

逃れても影付き纏う平和祭

首筋に日輪焦がし敗戦日

コイン入れ水転げ出す震災日

人を待つ癖まだ抜けず夜なべせる

乳房吸う唇《くち》の形《なり》してデラウエア

流麗なともに指文字金風裡

世の風に震え易きは愛の羽根
別別の時雨へ帰る過去増やし

大根を姤心なきかに煮透かしぬ

来る年も生きよとカレンダー届く

封じ目を瞬時に暴き牡蠣割女

焼かれては牡蠣が吐き出す瀬戸の海

彷徨

二〇一六―二〇一七年

二〇一六年

七草の緑の息に熱《ほとぼ》れる

わが恵方円錐《コーン》柱の赤に遮られ

雪積んで音を殺して終着す

骨となり腹がらんどう兄の春

身ほとりに隙の生れたり目張り剝ぎ

大鍋の万の命を釘に煮る

出刃を刺し蜆の悪を吐かせたる
あからさまに穢土を厭えり松の芯

箸二本洗って母の日を終わる

筍や肌身まもるに獣の皮

梅雨晴を燥《はしや》ぐ形状記憶シャツ

踏み込んで共に疵つき夏薊

柔らかき風を棲まわせ蛇の衣

香水や磔刑の神耳に揺り

働いた脚から眠り半夏生

素裸が嬉しい蒙古斑逃げる

蟬止んで闇取り戻す耳の奥

諸蒸《ふか》す灯火管制あらぬ世に

放浪の果てに得しもの牛膝

諭しおり四角い柿を丸く剝き

逆風に裏返りたる赤い羽根
錦木の緋に護らせて誰が砦

ミサイルの過りし海に牡蠣太る

貪欲の残滓の嵩や牡蠣の殻

襷掛け討ち入りの日の道を掃く

鴨鍋に向き合う幸をこぼさぬよう

激論の締めは雑炊吹き冷まし

革手套に己が十指の肉詰め込み

二〇一七年

破魔矢受け平和な民の武装せる

笹を買い蛭子にねだる己が益

東京の裾めくり上げ春一番

平成の雛の睫毛に世の翳り

診る人の隻語に深傷負う弥生

母の日や義理偽善にもリボン掛け

地震の傷癒え小満の土匂う

戦わぬ為の闘いらいてう忌

人生のノルマ果てなき竹酔日

大道寺将司逝く　三句

戢草の白い十字架句友逝く

聖母月日本最後の狼死す

悄悄と獄死諾い梅雨降らず

蚊の声を庇いし闇を憎みおり
御器齧バベルの塔を縦横に

一閃の瑠璃腥し蜥蜴らし

ポセイドンの息に紊れて浜万年青

夕虹の端握りしめ赤子眠る

西日背に人性を消し銃担ぐ

黄泉へ発つ刻を指しおり時計草

ぬすびとの目となり山梔子に寄りぬ

朝顔が辿る主なき地の起伏
ミサイルの深夜を照らし海ホタル

わが皮膚は吾を包みおり原爆忌

国蝶に頭上を譲り誕生日

国蝶＝おおむらさき

舌よりも眼を染めて黒葡萄
秋の蜂脚の重さをぶらさげて

一票の鞭ともならず吾亦紅

糸の縒りぴしと弾きしより夜なべ

さび鮎に投網は円く天刳り貫き
アロンの杖地に投げ出され穴惑

神無月護るものなき錠直す

精霊飛蝗に抱きつかれいる兄の石

石榴裂け夕日を咥えあぐねおり

彷徨えば去ねと他郷の威銃

捥いだ柿積み上げ売れり真田の裔

新蕎麦打つ上腕筋を昂らせ

山茶花の蓊ぎっしり何企む

饒舌を鍋焼饂飩に焼かれたる

わが街の本屋を消した乾っ風

他国語に席捲されし鯨鍋

裘《けごろも》を男に持たせ外題読む

来る年の暦を飾り生きる予定

余命

二〇一八—二〇一九年

二〇一八年

熊手もて砂利の初日を梳る

行平を影干し終わる七日かな

背を焙り生身の乾びゆくとんど

平成の男ら混じり女正月

豪雪の人を殺めしあとも白

寒紅の鮮やか茶毘の直前の

病む地球寒満月を蝕むか

臓吐かんばかりの声音恋の猫

春装のマネキンのため玻璃磨く

つくづくし艦砲射撃ありし土手

虎視眈眈と芽を蓄えて無名の木

スクランブルを柳絮と迷う異邦人

吊革に桜疲れのぶら下がり
パドル止めゴマダラ蝶をやり過ごす

托卵の性は問われずほととぎす

非婚主義ミニサボテンを飼い馴らし

人格不明彼のサングラス全反射
髪洗う右脳左脳を掻き混ぜて

何処までも法治国家の青田道

夕顔を横抱きにして女権の家

猛暑日の家事動線を節約し

生きる意志黒くちりばめ西瓜熟る

中性となるまで生きて沼空忌

花野ゆく自由と孤独を天秤に

吹っ切れぬ昔の匂い零余子飯

干柿は死者の体温それを嚼む

椎の実が屋根叩き夢穴だらけ

釜底の湯気まで刮げ栗の飯

時雨忌の泥濘つづくそこを行く

失意の歩風の落葉に追い抜かれ

果皮を干し冬太陽を働かす

返り花もう一度ベル押してみる

拾い来てどこか疵ある紅落葉

鰭酒を青く燃やせり男の前

帰路独り天狼星に護衛させ

血管の上這う血管冬至粥

顎上げ大晦日の星磨く

異議溜まりマスクの内の穢れたる

重ね着の底へコインを取り落とす

常緑に隣り全裸の大樹耀る

二〇一九年

新しき時間を止めて寝正月

人日やまたＡＩに命じられ

左義長の済んで原罪燃え残り

ポケットを探れば鍵と福の豆

後世へ実印を押す梅日和

老人の時間犇めく梅林

真夜中に鬨の声あげ猫の乱

戦無き天を信じて松の芯

姫路城吟行　四句

天守蒼白桜軍団攻め上り

伊賀か甲賀か堀に動かぬ花筏

千姫の小径よ蝶に案内され

官兵衛の崖の隙衝き薺咲く

転生へ楠紅の春落葉

明日からの工事を知らず虞美人草

三帝の民となり享く若葉風

しなやかに天意うけとめ花水木

風上は常に未来よ吹流し

天空に鯉を太らせ子へ祈る

時かけて粽をほどき余命減る

衣更う皺の二の腕世に曝し

青嵐遅筆の夜を揺りつづけ
山門の古色揺るがせ青葉騒

揺らしつつ昼寝を運ぶローカル線

畳目の凋れを素足に諾いて

平凡な草叢が生み鳳蝶

嫋やかな護身つば広夏帽子

娑羅の花墜ちて盛者の香を放つ

句集　娑羅

畢

あとがき

『娑羅』は、第七句集です。
今日で傘寿を迎えました。多分これが最後の句集になると思います。

ところで、仏陀に縁のある三大聖樹は、無憂樹、菩提樹、娑羅双樹です。
仏門の家に育った者として、終の句集を『娑羅』と命名できたことに、どこか一抹の安堵もいたしております。

また、今年は四半世紀に亘りご指導いただいた鈴木六林男先生の、生誕百周年に当たります。この記念すべき年に句集を上梓できることもまたこの上もなく光栄に存じます。

思えば、俳句のおかげで豊かな人生を送らせていただきました。今も、優れた先達、楽しい仲間、若々しい後輩に恵まれ、充実した日々を享受させていただいております。残り少ない時間を大切に、最後の句集になるかと書きつけましたが、それはそれとして、これからも俳句に拘わり、俳句のおかげを存分に蒙っていきたいと願っております。

句集編纂にあたっては、角川文化振興財団『俳句』編集部の立木成芳編集長、滝口百合様に大変お世話になりました。厚くお礼を申し上げます。

出口善子

令和元年八月十二日

著者略歴

出口善子（でぐち・よしこ）

一九三九年（昭和一四）大阪市生まれ。本名　由利善子
一九七二年（昭和四七）「七星俳句界」入会
一九八一年（昭和五六）「花曜」入会
一九八二年（昭和五七）「花曜」同人
二〇〇四年（平成一六）「花曜」主宰鈴木六林男没
二〇〇五年（平成一七）三月「花曜」解散、四月に「六曜」結成・代表となる
句集『瞬』『亂聲』『貝の華』『刺茨牡丹』『わしりまい』『羽化』
伝記小説『笙の風――出口常順の生涯』
現代俳句協会会員、よみうり文化センター俳句講師

現住所　〒543－0001　大阪市天王寺区上本町八－三－六　由利方

句集　娑羅《さら》

初版発行　2019年10月30日

著　者　出口善子
発行者　宍戸健司
発　行　公益財団法人 角川文化振興財団
〒102-0071 東京都千代田区富士見1-12-15
電話 03-5215-7819
http://www.kadokawa-zaidan.or.jp/
発　売　株式会社 KADOKAWA
〒102-8177 東京都千代田区富士見2-13-3
電話 0570-002-301（カスタマーサポート・ナビダイヤル）
受付時間　11時〜13時 / 14時〜17時（土日祝日を除く）
https://www.kadokawa.co.jp/
印刷製本　中央精版印刷株式会社
本文デザイン　ベター・デイズ
 ISBN978-4-04-884311-9 C0092

角川俳句叢書　日本の俳人100

青柳志解樹
朝妻　力
有馬朗人
安西　篤
伊丹三樹彦
伊藤敬子
伊東　肇
井上弘美
猪俣千代子
茨木和生
今井千鶴子
今瀬剛一
岩岡中正
尾池和夫
大石悦子
大牧　広
大峯あきら

大山雅由
小笠原和男
奥名春江
落合水尾
小原啄葉
恩田侑布子
甲斐遊糸
加古宗也
柏原眠雨
加藤憲曠
加藤耕子
加藤瑠璃子
金箱戈止夫
金久美智子
神尾久美子
九鬼あきゑ
黒田杏子

阪本謙二
佐藤麻績
塩野谷　仁
小路紫峡
鈴木しげを
千田一路
高橋将夫
田島和生
辻　恵美子
坪内稔典
出口善子
手塚美佐
寺井谷子
中嶋秀子
名村早智子
鳴戸奈菜
名和未知男

西村和子
能村研三
橋本榮治
橋本美代子
藤木倶子
藤本安騎生
藤本美和子
文挾夫佐恵
古田紀一
星野恒彦
星野麥丘人
松尾隆信
松村昌弘
黛　執
岬　雪夫
三村純也
宮田正和

武藤紀子
本宮哲郎
森田　峠
山尾玉藻
山崎　聰
山崎ひさを
山本洋子
柚木紀子
依田明倫
若井新一
渡辺純枝
ほか

（五十音順・太字は既刊）